Sławomir Mrożek

Karneval
oder
Adams erste Frau

Ein Stück

Aus dem Polnischen von
Marta Kijowska

Diogenes

Originaltitel:
›Karnawał, czyli pierwsza żona Adama‹
Die Uraufführung erfolgte 2013 in Krakau

Umschlagillustration: René Magritte,
›Le prêtre marié‹, 1961 (Ausschnitt)

www.diogenes.ch
25/14/8/1
ISBN 978 3 257 06817 7

Personen

Herren:	*Damen:*
Impresario	Lilith
Assistent	Eva
Goethe	Margarete
Satan	
Bischof	
Joe	
Adam	

Masken

Goethe	–	Löwe	Lilith	–	beliebig
Satan	–	beliebig	Eva	–	Katze
Bischof	–	Mütze eines mittelalterlichen Narren	Margarete	–	Katze
Joe	–	›Il Dottore‹			
Adam	–	alter Mann			

Die Wahl der Kleidung, Kostüme, Masken sowie der Musik steht dem Regisseur frei, mit Ausnahme der Maske von Joe (›Il Dottore‹) und der Schlussmusik (›La Llorona‹).

Erster Akt

Erste Szene

Es ist der 26. Juni. Herrliches Wetter. Frisches, üppiges Gras, darin Schmetterlinge, Bienen und andere Insekten. Ein See, dessen Ende wegen der Entfernung kaum sichtbar ist. Die Bänke am Ufer laden zum Verweilen ein. Schilf, Wasserlilien, im Gras viele Blumeninseln, wie geschaffen zum Innehalten und Nachdenken. In der Mitte einer Aussichtsbank sitzt Lilith. Prächtiges blondes Haar (natürlich eine Perücke), offen, bis zur Taille reichend. Um der Pornographie vorzubeugen, ist ihr Körper verhüllt von einem dünnen Stoff, der die Nacktheit imitieren soll. Sie sitzt dem Publikum zugewandt, bewegt sich nicht und sagt nichts. Sie spricht erst gegen Ende der ersten Szene des ersten Akts. Von links treten der Impresario und sein Assistent auf.

IMPRESARIO *erscheint in einem Frack.* Zu Beginn geben wir ihnen Goethe.

ASSISTENT *erscheint in einem cremefarbenen Anzug mit Epauletten.* Wie bitte?

IMPRESARIO Für dich bedeutet Herr Goethe gar nichts. Aber viele Zuschauer sind schon so erwachsen, dass er für sie mehr bedeuten wird, als du denkst. Zumindest für die mit antideutschen Reflexen.

ASSISTENT Ich bin hier, um Dinge zu erfahren, von denen ich bis jetzt nicht die leiseste Ahnung hatte. Unter anderem über Herrn Goethe.

IMPRESARIO Das spricht für dich. Gleich wirst du ein paar Neuigkeiten hören, einige davon zum ersten Mal in deinem Leben. Manche lasse ich weg und sage dir vorläufig nur eine.

ASSISTENT Welche?

IMPRESARIO Du bist noch so jung, dass das Einzige, was dich wirklich interessiert, das sogenannte Geheimnis der Geschlechter ist.

ASSISTENT Das gebe ich zu.

IMPRESARIO Also wird das Geheimnis der Geschlechter unser Thema sein, und der Rest bleibt der Rest.

Von links treten Goethe und Margarete auf; sie halten sich bei den Händen. Goethe in Reisehut und Umhang. Margarete, ein junges bayerisches Mädchen, lässt Goethes Hand los und läuft über die Wiese.

MARGARETE Blumen! Welch eine Überraschung!

GOETHE *unzufrieden* Na ja.

MARGARETE Blumen, Blumen, Blumen …

GOETHE Vielleicht setzen wir uns?

MARGARETE Ich will mich jetzt nicht setzen. Ich will herumlaufen!

GOETHE Wie du willst, mein Liebchen.

Margarete läuft auf der Wiese herum, pflückt einen Armvoll Blumen, kniet sich vor Herrn Goethe nieder und überreicht sie ihm. Herr Goethe zieht Margarete an sich heran und bedankt sich mit einem langen Kuss.

MARGARETE Noch einen!

Goethe schenkt ihr einen zweiten Kuss.

MARGARETE Noch einen! Noch einen!

Goethe gibt ihr einen dritten Kuss.

ASSISTENT *während er in gewisser Entfernung an Goethe vorbeigeht* Haben Sie das gemeint?

IMPRESARIO Das? Dieses alberne, kindische Spiel der Geschlechter? Aber nein! Dich erwarten viel größere Überraschungen.

In der Zwischenzeit gehen Goethe und Margarete, Hand in Hand, rechts ab. Der Impresario und der Assistent folgen ihnen. Von links treten der Satan und der Bischof auf. Der Bischof – schwarze Soutane, violette Kappe, violetter Gürtel. Der Satan ganz in Schwarz, einschließlich Strumpfhose, Gugel und kleiner Fledermausflügel an den Schultern.

SATAN Das habe ich nicht erwartet. Dieses Outfit …

BISCHOF Bescheiden, nicht wahr?

SATAN Zu bescheiden. Exzellenz beabsichtigen, auf Prunk zu verzichten?

BISCHOF Mein Lieber, »die Mächtigen werden erniedrigt, und die Niedrigen werden erhöht«, sagt die Schrift. Das ist mein Prinzip.

SATAN Aber Sie sollten es mit Mäßigung anwenden. Ich finde, Sie übertreiben, Exzellenz.

BISCHOF Mäßigung ist eine Frage des Geschmacks. Ich übertreibe lieber in die eine Richtung.

SATAN In welche?

BISCHOF Oh, es kommt auf die Situation an.

SATAN Und konkret sieht die Situation so aus, dass wir zu einem Karneval eingeladen sind.

BISCHOF Ach was? Im Juni? Zu einem Karneval?

SATAN So hat es sich ergeben.

BISCHOF Und nicht im März? Das ist eine Konterrevolution!

SATAN Exzellenz müssen sich an solche Konterrevolutionen gewöhnen. Es wird noch weitere geben.

BISCHOF Der Karneval war schon immer im März.

SATAN Die Umstände verlangen es aber, ihn auf den Juni zu verschieben. Es geht darum, Kälte, Regen, Schnee und andere unangenehme äußere Bedingungen zu eliminieren.

BISCHOF Wenn die katholische Kirche beschlossen hat, dass der Karneval im Juni ist, dann soll er im Juni sein. Das Wetter ist übrigens wunderschön.

SATAN Amen.

BISCHOF Wie soll ich … Sie anreden?

SATAN Nennen Sie mich einfach Satan.

BISCHOF Ein schwieriges Wort.

SATAN Exzellenz werden sich daran gewöhnen.

BISCHOF Also, Satan, was gibt es Neues hier in der Gegend?

SATAN Im Moment nichts.

BISCHOF Wirklich …

Von links tritt Joe auf. Er trägt einen Tirolerhut mit Feder, ein rotes Hemd, einen Anzug mit dezenten Streifen und gelbe Halbschuhe.

JOE Exzellenz!

BISCHOF Das ist Joe, ein Mitglied der Menschheit. Wir haben ihn völlig vergessen! *Zu Joe* Hallo! Hier sind wir!

JOE Niemand denkt an den Menschen.

BISCHOF Ach wo denn! Natürlich denken wir an ihn! Möchten Sie sich zu uns gesellen?

JOE Wenn Sie gestatten …

BISCHOF Das ist Herr Satan, und das – Herr Joe …

SATAN Wir kennen uns von irgendwo.

JOE Ich kenne Sie nicht.

BISCHOF Herr Satan ist inkognito hier.

JOE Aah, das ist was anderes. Doch der Mensch ist wichtiger als der Satan.

BISCHOF Nun ja …

JOE »Ein Mensch – wie stolz das klingt.« Das hat Maxim Gorki gesagt.

SATAN Wer?

JOE Maxim Gorki. Ein Russe.

SATAN Ach ja, stimmt.

BISCHOF Herr Satan repräsentiert eine höhere Gewalt. Ich aber – die höchste. *Zeigt mit dem Finger in Richtung Himmel.*

JOE Ich verstehe nicht …

BISCHOF Na *den* da … Ganz oben. Doch sprechen wir leiser.

JOE Ach den …

SATAN Sind Sie nur ein Mensch oder ein Gott?

JOE Ein Gott natürlich.

SATAN Ach so.

JOE Ein Gott, ohne Zweifel. Sie glauben mir nicht?

SATAN Das ist doch unwichtig.

JOE Ich bitte um Verzeihung, aber ich sehe hier keine Damen.

SATAN Es werden bestimmt welche kommen. Es hat noch nie einen Karneval ohne Damen gegeben.

BISCHOF Wie gut, dass Sie da sind. Ich diskutierte gerade mit Herrn Satan über die entscheidende Rolle des Menschen bei der Einrichtung der Welt.

JOE Da schließe ich mich Ihnen gern an …

BISCHOF Nehmen wir zum Beispiel eine Brücke. Sie steht da, und plötzlich stürzt sie ein. Was dann?

JOE Nichts einfacher als das. Der Mensch beginnt, eine neue Brücke zu bauen. Er beschafft das Material, bereitet das Werkzeug vor, und bald ist die neue Brücke fertig.

BISCHOF Ich würde sagen: Sie *sollte* fertig sein. Rein vorsichtshalber.

JOE Also gut, sie *sollte* fertig sein. Zugegeben, es könnte Schwierigkeiten mit dem Material geben, oder die Bautruppe könnte ihren Zeitplan nicht erfüllen.

SATAN Und was dann?

JOE Nichts. Der Bau der Brücke würde sich verzögern.

SATAN Wäre es eine große Verzögerung?

JOE Darüber würde schon eine höhere Instanz entscheiden.

BISCHOF Eine menschliche oder eine göttliche?

JOE Eine menschliche, aber mit Gottes Hilfe.

BISCHOF Ja eben: aber nur mit Gottes Hilfe.

JOE Das versteht sich doch.

SATAN Wieso?

JOE Ganz von allein.

ADAM *erscheint links, nur mit einer Badehose bekleidet, die ihm bis zur Mitte der Oberschenkel reicht. Er hat langes, zerzaustes Haar und einen üppigen Bart.* Ist meine Frau hier gewesen?

JOE Wie sieht sie aus?

ADAM Eine Brünette. Die einzige Frau in meinem Leben. Das heißt, die Einzige, die für mich zählt.

JOE Ich habe sie nicht gesehen.

SATAN Ist das die, die ein Kind erwartet?

ADAM Ja, aber erst in der Zukunft ... Woher wissen Sie das?

SATAN Das ist ganz natürlich, Sie sind jung ...

ADAM Wo mag sie bloß stecken ...

EVA *tritt ebenfalls von links auf. Herrliches, pechschwarzes Haar – eine Perücke –, sie ist bekleidet mit einem dünnen Stoff, der die Nacktheit imitiert.* Guten Morgen, Liebling. *Sie umarmt Adam.*

ADAM Guten ... Was machen Sie denn hier?

ASSISTENT Ich bin der Gehilfe des Direktors. Und als sein Gehilfe ...

IMPRESARIO *tritt von rechts auf.* Guten Tag, die Herrschaften! *Leiser zum Assistenten* Verschwinde von hier.
Ich habe die Ehre, Sie zum ersten Karneval der Welt zu begrüßen! Der Karneval findet morgen Abend statt. *Der Assistent verschwindet.* Bis dahin lade ich Sie alle in das gastfreundliche Haus ein, das sich zu Ihrer Rechten befindet. *Zeigt mit der Hand in die Richtung.* Machen Sie

es sich dort bequem. Und morgen Abend – der Karneval!

Alle Gäste gehen rechts ab, bis auf den Impresario, der als Letzter abtreten will. Das Licht, sprich: das anfangs helle Viereck des Himmels am Horizont, erlischt langsam. In der nun herrschenden Halbdämmerung ist nur noch Lilith deutlich sichtbar.

IMPRESARIO *bleibt überrascht stehen, dann geht er auf Lilith zu.* Darf ich?

Lilith nickt zustimmend. Der Impresario setzt sich neben sie.

IMPRESARIO Ein wunderschöner Abend … *Pause.* Sind Sie zum Karneval gekommen?

Lilith bestätigt es mit einem Kopfnicken.

IMPRESARIO Wir haben hochkarätige Gäste. Der Bischof, der Satan, Joe, Adam und natürlich Eva …
LILITH Sie wird auch kommen?
IMPRESARIO Sie ist seine Frau. Goethe … Und jetzt Sie … Verzeihung, wie ist Ihr Name?
LILITH Ich bin Adams erste Frau.
IMPRESARIO Wie bitte?
LILITH Die Erste, das heißt, Eva ist die Zweite.
IMPRESARIO Das ist ja eine Neuigkeit!
LILITH Überrascht Sie das?

IMPRESARIO Ja, ich bin ein wenig erstaunt.

LILITH Die Kunde über mich wurde als jüdisches Hirngespinst ausgerottet. Dennoch ist es eine Tatsache.

IMPRESARIO Es ist eine völlig unerwartete Tatsache.

LILITH Ich bin daran gewöhnt.

IMPRESARIO Woran?

LILITH An die Tatsache, unerwartet zu sein.

IMPRESARIO Ich verstehe.

LILITH Alles ist leer, seit Jahrhunderten irre ich in dieser Leere herum. Erst heute habe ich beschlossen, diesen Fehler zu korrigieren.

IMPRESARIO Wie zu korrigieren?

LILITH Erwarten Sie denn keine Gäste morgen Abend?

IMPRESARIO Aber sicher, der Karneval!

LILITH Ja! Gäste aus verschiedenen Epochen. Sie werden zusammen lachen, tanzen, sich amüsieren ... Der Bischof, der Satan, Goethe, Joe, Adam und natürlich seine Frau Eva ... Und zum ersten Mal – ich! Es wird ein herrliches Spiel werden, das verspreche ich Ihnen.

IMPRESARIO Ich bin verloren!

LILITH Wieso?

IMPRESARIO Erst jetzt verstehe ich meine eigenen Worte: »Es wird der erste Karneval der Welt sein!« Ich wollte ein wenig Eigenwerbung machen, und meine Phantasie ging mit mir durch. Ich bin zu weit gegangen.

LILITH Jetzt gehen Sie aber zu weit in die andere Richtung.

IMPRESARIO Wenn ich zum Beispiel an die Inquisition denke ... Ich bin verloren, verloren!

LILITH Die Inquisition soll gar nicht so schrecklich sein. Das ist übrigens eine Sache der Kirche.

IMPRESARIO Und die gesellschaftlichen Beziehungen? Wie stellen Sie sich den Umgang mit Eva, Adams erster Frau, vor?

LILITH Verzeihung, mit seiner zweiten Frau. Eva ist Adams zweite Frau.

IMPRESARIO Ich habe mich versprochen. Also mit Adams zweiter Frau? Wie stellen Sie sich das vor?

LILITH Nach einem ganz einfachen Prinzip: Wir hatten beide denselben Mann.

IMPRESARIO Aber dieses Prinzip wurde etwas komplizierter.

LILITH Ja, aber erst später.

IMPRESARIO Ich habe einen Vorschlag für Sie.

LILITH Was für einen Vorschlag?

IMPRESARIO Sie sollten früher kommen, bevor der Karneval beginnt, oder später, wenn er zu Ende ist. Und am besten wäre es überhaupt, wenn Sie an einem anderen Tag kämen.

LILITH Hören Sie zu. Meine Geschichte dauert schon ewig, und nichts deutet darauf hin, dass sie je enden wird. Seit einer Ewigkeit werde ich abends mal da, mal dort gesichtet, in Kirchen, in Tavernen, oft nachts im Nebel, begleitet vom Gesang einer einsamen Frau, die über die ganze Welt klagt. Und wenn die Dämmerung anbricht, findet man nicht selten am Rande eines Sumpfgebiets einige gutaussehende Männer, die wie lebendige Leichen wirken. Angelockt und bezaubert vom Gesang dieser Frau, tun sie alles, um sie zu finden und zu beherrschen. So sieht jedes Jahr mein Karneval aus.

IMPRESARIO Das ist interessant. In Mexiko ist diese Geschichte sehr bekannt. Übrigens, wie geht doch gleich der Text dieses Liedes? Und ist es nicht Lilith, die es singt?

LILITH Lilith, das bin ich.

IMPRESARIO *verneigt sich tief.* Willkommen auf unserem Karneval.

Dunkelheit.

Zweite Szene

Nächster Tag, frühmorgens. Liliths Bank ist verschwunden. Dasselbe sonnige Wetter. Von rechts treten Goethe und der Satan auf. Der Satan in Jeans und hellem Jackett, nur die Hörner deuten auf seine unirdische Herkunft hin. Goethe in einem weißen Bademantel. Auf der Bühne zwei Liegestühle.

GOETHE Nehmen wir an, dass du recht hast. Doch bis zu welchem Alter kann ein Mann aktiv sein?

SATAN In welcher Hinsicht?

GOETHE In jeder, vor allem aber in sexueller.

SATAN Ich antworte dir so, wie die Ärzte immer antworten: Es kommt auf das Alter des Patienten an.

GOETHE Ich erfreue mich einer ausgezeichneten Gesundheit, aber damit ist es wohl bald vorbei.

SATAN Leider.

GOETHE Ihr als Dämonen, als höllische Wesen, habt dieses Problem nicht?

SATAN In der Tat, das haben wir nicht.

GOETHE Was würdest du mir also raten?

SATAN Es gibt verschiedene Mittel …

GOETHE Ich weiß, ich weiß. Heute gibt es Viagra, davor gab es andere Hilfsmittel, doch früher oder später wirken sie alle nicht mehr.

SATAN Alles vergeht.

Pause.

GOETHE Und wenn ich heiraten würde?
SATAN Bist du verrückt geworden?
GOETHE Dann wäre diese Sache geregelt.
SATAN Zwangsläufig, könnte man sagen.
GOETHE Ich bin schon so müde.
SATAN Es hat noch keiner über dich geschrieben, du wärest verheiratet.
GOETHE Weil ich noch nie so müde war wie jetzt.
SATAN Ich will dir nicht verhehlen, dass du immer müder sein wirst.
GOETHE Das weiß ich jetzt schon.
SATAN Dann weißt du alles.

Goethe und der Satan gehen links ab. Von rechts treten Joe und der Bischof auf.

JOE Ich hätte eine Bitte, nur ich traue mich nicht, sie Eurer Exzellenz vorzubringen.
BISCHOF Versuchen kann man es immer.
JOE Es geht um eine Beförderung. Dass ich vom Menschen zum Übermenschen aufsteige.
BISCHOF Ein kühnes Vorhaben. Aber das hier ist die falsche Abteilung.
JOE Wieso die falsche?
BISCHOF Hier herrscht die katholische Religion. Der zuständige Ort ist Rom.

JOE Eine aussichtslose Sache.

BISCHOF In Sachen Übermensch sollten Sie sich an das deutsche Dritte Reich wenden. Dort wird man Sie mit offenen Armen aufnehmen. Allerdings sollte es tausend Jahre dauern, und es wurden daraus nur zwölf.

JOE Was für Zeiten!

BISCHOF Für die katholische Kirche jedenfalls ist Ihr Übermensch untragbar. Ein Katholik irrt, ist innerlich schwach, hat nichts von einem Heroen. Er verlangt nach Trost, Belehrung, Orientierung. Einfach, dass man sich um ihn kümmert.

JOE Bleibt mir denn Hoffnung?

BISCHOF Es sind bestimmte Formalitäten abzuklären. Der zuständige Ort ist Rom.

Der Bischof und Joe gehen links ab.

Zwei Liegestühle auf der rechten Seite. Von rechts tritt der Impresario auf, er bleibt kurz stehen, den Blick nach links gerichtet, dann setzt er sich in einen Liegestuhl, dem Publikum zugewandt; offenbar wartet er auf jemanden, der von links erscheinen soll. Links tritt Margarete auf, in einem Nachthemd und mit zerzaustem Haar. Sie ist überrascht, den Impresario hier zu sehen, aber sie hat sich sofort wieder unter Kontrolle.

IMPRESARIO *steht auf.* Willkommen!

MARGARETE Ein wunderschöner Morgen.

IMPRESARIO Das Wetter lässt uns nicht im Stich. Ich hoffe, es wird auch so bleiben.

Margarete macht sich wieder auf den Weg und will um den Impresario herumgehen.

IMPRESARIO Sie waren im Wald?

MARGARETE Wie bitte?

IMPRESARIO Sie sind aus der Richtung des Waldes gekommen, was darauf hindeutet, dass Sie die morgendliche Kühle nicht fürchten. Nicht wahr?

MARGARETE Worauf wollen Sie hinaus?

IMPRESARIO Vielleicht setzen wir uns? Ich möchte mit Ihnen kurz reden.

Impresario setzt sich wieder, Margarete nimmt im anderen Liegestuhl Platz.

IMPRESARIO Ist Herr Goethe zu Hause?

MARGARETE Ich habe ihn nur für einen Moment allein gelassen.

IMPRESARIO O ja, ein großer Mann. Und je größer der Mann, desto mehr muss er sich erholen. Nicht wahr?

MARGARETE Ich glaube schon.

IMPRESARIO Für die beste Form von Erholung hält man den Schlaf.

MARGARETE Richtig.

IMPRESARIO Herr Goethe zum Beispiel braucht viel Schlaf…

MARGARETE Gut, dass Sie es erwähnen. Ich muss gehen, Herr Goethe verlangt nach mir.

IMPRESARIO Verlangen ist ein großes, ein wichtiges Wort. Ich denke aber, nicht zu groß für ihn.

MARGARETE O nein!

IMPRESARIO Und mein Assistent? Wie geht es ihm?

MARGARETE Danke, ganz gut.

IMPRESARIO Und Ihnen?

MARGARETE Kann es sein, dass Sie eifersüchtig sind?

IMPRESARIO Ich?

MARGARETE Ja. Eifersüchtig auf mich.

IMPRESARIO Das ist wirklich lächerlich.

MARGARETE *steht auf.* Grüße von Herrn Goethe.

IMPRESARIO *springt auf.* Einen Augenblick!

MARGARETE Ja?

IMPRESARIO Werden Sie heute Abend kommen?

MARGARETE Ja, ich werde kommen.

Margarete dreht sich um und geht rechts ab. Der Impresario schaut ihr hinterher, bis sie verschwunden ist, dann geht er nach links. Er trifft auf den Satan, der ihm gerade entgegenkommt. Beide sehen sich eine Weile an, dann geht der Satan weiter nach rechts, und der Impresario tritt links ab. Der Satan – in Jeans, T-Shirt und einer Mütze, unter der diskret seine Hörner hervorlugen – bückt sich nach kleinen Steinen und tut so, als würde er sie an imaginäre Fenster werfen, die sich außerhalb der Bühne, hinter dem Vorhang, befinden.

LILITH, *die nicht zu sehen ist* Ich komme gleich!

Der Satan dreht sich um und setzt sich in einen Liegestuhl. Er wartet. Nach einer Weile erscheint Lilith, auch sie verwandelt. Sie trägt ein leichtes, schulterfreies Kleid, denn der Tag verspricht heiß zu werden. Nur ihre Haare sind die gleichen, wenn auch von der Fülle her etwas bescheidener.

LILITH Ich habe auf dich gewartet.

SATAN *steht auf und küsst ihre Wange, dann respektvoll ihre Hand.* Wie hast du mich erkannt?

LILITH Ich habe dich gleich erkannt, ohne einen Moment zu zögern.

SATAN Du hast recht, ich werde immer bekannter.

LILITH Ich hätte dich erkannt, auch wenn dich niemand kennen würde.

SATAN Du schmeichelst mir.

LILITH O nein.

SATAN Wirklich?

LILITH Bescheidenheit ist eine deiner Schwächen. Ich verzeihe dir alle.

SATAN Meinst du das ehrlich?

LILITH Seit ich hier bin …

SATAN *nimmt sie bei der Hand.* Sag nichts. Ich weiß es sehr gut. *Sie setzen sich in die Liegestühle.*

Pause.

SATAN Ich bin zum Karneval eingeladen.

LILITH Ich auch. Ich bin von der Anderen Seeseite gekommen, um dich zu sehen.

SATAN Das Wasser bringt die Dämonen zusammen.

Pause.

SATAN Wir haben uns so viel zu erzählen.

LILITH Der Reihe nach. Weißt du, dass sie hier ist?

SATAN Seine zweite Frau?

LILITH Ja. Ich hätte es ahnen müssen. Und du weißt alles.

SATAN Fast alles.

LILITH Alles, was du zu wissen brauchst.

SATAN Ich habe nun mal viele Interessen, das ist alles. Wie geht es dir auf der Anderen Seeseite?

LILITH Ohne dich miserabel.

SATAN Und deine Männer?

LILITH Du weißt sehr gut, dass nur du zählst. Sprechen wir also nicht von meinen Männern.

SATAN Sprechen wir von den hier Anwesenden. Wie gefällt dir Herr Goethe?

LILITH Darauf antworte ich nicht, aus Respekt vor ihm.

SATAN Und der Impresario?

LILITH Er ist schon von Margarete besetzt.

SATAN Adam?

LILITH Ich sage dir die Wahrheit nur wegen Eva. Ich will nicht, dass diese Schlampe über meinen Mann spottet.

SATAN Über deinen ehemaligen Mann.

LILITH Egal. Es ist eine Sache zwischen Frauen.

SATAN Ich werde mich nicht einmischen, versprochen. Und der Assistent, dieser junge …

LILITH Welcher?

SATAN Der Jüngste von ihnen. Er scheint ziemlich freundlich zu sein, höflich …

LILITH Ich weiß nicht, er taucht nur hin und wieder auf, ich kenne ihn kaum …

SATAN Nach dem Bischof frage ich nicht. Er ist ein Geistlicher.

LILITH Nicht der Rede wert.

SATAN Genauso wie Joe. Der ist ein Langweiler.

LILITH Was hältst du von dem Karneval?

SATAN Genauso gut könntest du fragen, was ich von der Zukunft halte.

LILITH Du hast über Eva gesagt, dass sie in der Zukunft ein Kind haben wird.

SATAN Oh, nicht nur eines. Eva wird die Große Mutter der Menschheit genannt. Und was für eine Mutter! Diese Situation beunruhigt mich.

LILITH Aber wieso denn?

SATAN Wegen der Menschheit eben. Möglicherweise wird es bald keine Menschheit mehr geben.

LILITH Übertreib nicht.

SATAN Wir sind beide unsterblich. Beunruhigt dich das nicht?

LILITH Nicht im Geringsten.

SATAN Ohne die Menschheit wird es auch mich nicht mehr geben.

LILITH Uns wird es nicht mehr geben? Uns, die Unsterblichen?

SATAN Dich und mich. Eine absolute Leere. Wir existieren nur dank der Menschen, dieser sterblichen Wesen.

LILITH Du magst beunruhigt sein. Ich aber nicht.

SATAN Warum sollst du von zwei Unsterblichen die Ausnahme sein?

LILITH Weil ich eine Idee an sich bin, die noch nicht einmal Worte braucht.

SATAN Und ich würde dir raten, ohne Philosophie auszukommen. Dich um das Leben als solches zu kümmern, so wie ich. Ich existiere nur dank des Menschen, aber ich existiere nicht schlecht. Der Krieg zum Beispiel – für mich eine sehr vorteilhafte Situation. Der Krieg bedeutet eine allgemeine Auflösung, einen Sittenverfall. Es ist ein Paradies für den Teufel.

LILITH Eva, die Mutter der Menschheit? Ich bin genau Evas Gegenteil. Ich muss keine Mutter sein.

SATAN Was du nicht sagst.

LILITH Ich existiere als ein ewiger Mythos, der ohne Kinder auskommt.

SATAN Mag sein.

LILITH Macht dich das traurig? Warum?

SATAN Ein kinderloser Teufel – was für eine traurige Aussicht.

LILITH Mach dir keine Sorgen, es gibt noch anderes, womit du dich trösten kannst.

SATAN *steht auf.* Ich habe es eilig. Dann bis heute Abend?

LILITH Bis heute Abend, gewiss.

Der Satan geht links ab, Lilith bleibt in ihrem Liegestuhl sitzen. Von rechts tritt Goethe auf, in einem altmodischen Gehrock. Er bleibt am Liegestuhl stehen.

GOETHE Ich glaube, ich kenne Sie irgendwoher.

LILITH Nein, Sie kennen mich nicht. Aber bitte sehr, wir können uns trotzdem unterhalten.

GOETHE Danke sehr. *Setzt sich in den anderen Liegestuhl.* Trotzdem, ich habe immer noch diesen Eindruck. Aber woher? Offenbar habe ich mit Ihnen schon einmal gesprochen.

LILITH Nein, Sie haben noch nie mit mir gesprochen. Aber Sie sprechen jetzt mit mir.

GOETHE Seltsam, äußerst seltsam. Vielleicht habe ich Sie irgendwo gesehen?

LILITH Ich komme von der Anderen Seeseite. Aber Sie hatten nicht das Vergnügen, dort zu sein.

GOETHE Das kommt mir immer seltsamer vor. Und Sie haben nicht gebadet?

LILITH Wenn ich gebadet habe, dann ohne es zu merken. Ich war in Gedanken versunken.

GOETHE Und an wen haben Sie gedacht?

LILITH An die Männer.

GOETHE An die Männer?

LILITH Ja. Daran, wie sie so sind.

GOETHE *belebt* Und wie sind sie so?

LILITH Unterschiedlich. Doch ich mag ältere Männer, keine jungen.

GOETHE Tatsächlich?

LILITH Ältere Menschen halten sich länger.

GOETHE Und was bewirkt, dass sie sich länger halten?

LILITH Ihre Persönlichkeit.

Schweigen.

GOETHE Wie wäre es mit einem Waldspaziergang?

LILITH Sehr gern.

Beide stehen auf. Goethe hakt sich bei Lilith unter. Sie gehen in Richtung Wald.

GOETHE Sie haben recht. Die Persönlichkeit ist am wichtigsten.

LILITH Erzählen Sie mir davon.

GOETHE Nichts ist wichtiger als eine feste, unbeugsame Persönlichkeit. Die Unbeugsamkeit ist das Mittel, ein Ziel zu erreichen.

LILITH Was für eines?

GOETHE Ein zielgerichtetes. Außerdem gibt es noch andere Mittel.

LILITH Welche?

GOETHE Ich werde sie Ihnen gleich zeigen.

LILITH Ich bin sehr gespannt.

Von links tritt Margarete auf.

MARGARETE Johann!

GOETHE Das ist meine Lebensgefährtin.

MARGARETE Komm sofort zurück!

GOETHE Entschuldigen Sie mich bitte. Es war sehr nett, Sie kennenzulernen. *Zu Margarete* Ich komme. *Geht rechts ab.*

Von links tritt der Satan auf, von rechts kommen Adam und Eva. Der Satan geht an ihnen vorbei und verbeugt sich tief, indem er die Mütze abnimmt. Bei der Gelegenheit erscheinen diskrete Hörner an seiner Stirn. Adam erwidert steif seine Verbeugung. Jetzt befinden sich Adam und Eva auf der linken Bühnenseite, der Satan auf der rechten. Der Satan bleibt stehen.

EVA Wer ist das?

ADAM Unwichtig. Einer der Gäste.

EVA Wenn er einer der Gäste ist, dann sollte man ihn begrüßen. *Sie kehrt um, Adam steht steif da.* Sind Sie wegen des Karnevals hier?

SATAN Ja, ich habe die Ehre.

EVA Wir auch. Darf ich mich vorstellen? *Gibt dem Satan die Hand, die er umständlich küsst.* Ich bin Eva.

SATAN Bildersturm mein Name. Sie machen einen Spaziergang?

EVA Ja, wir sind hier zum ersten Mal.

SATAN Ich freue mich, Sie kennenzulernen. Haben Sie schon die Apfelbäume gesehen?

EVA Noch nicht. Aber was kann an Apfelbäumen so interessant sein?

SATAN Oh, sie sind sehr interessant. Sie werden von Bienen befruchtet. Es folgt die Blüte, und dann die Frucht…

ADAM *kommt auf Eva und Satan zu.* Eva, wir haben nicht viel Zeit…

SATAN Mein Name ist Bildersturm. Sehr angenehm.

ADAM Adam.

Adam und der Satan geben sich die Hand.

EVA Was gibt es hier noch zu sehen?

SATAN Den See, besonders gut sichtbar von der anderen Seite. Und den Wald.

ADAM Vielen Dank für die Tipps, aber wir müssen schon gehen.

SATAN Leben Sie wohl. Oder besser, auf Wiedersehen. Wir sehen uns ja heute Abend.

EVA O ja!

Der Satan küsst erneut Evas Hand und streckt Adam seine Hand entgegen, die dieser respektvoll drückt. Dann setzt er seinen Weg fort, das heißt, er geht nach rechts, Adam und Eva gehen nach links.

ADAM Ein düsterer Typ.
EVA Im Gegenteil, sehr interessant. *Sie gehen links ab.*

Von links treten nacheinander der Impresario und der Assistent auf. Beide tragen je zwei Stühle.

IMPRESARIO Hast du schon etwas gelernt?
ASSISTENT O ja, durchaus!
IMPRESARIO Mit wem?
ASSISTENT Es wäre indiskret, darüber zu sprechen.
IMPRESARIO Mir kannst du es sagen.
ASSISTENT Ihnen am allerwenigsten.
IMPRESARIO Mit wem?
ASSISTENT Mit wem? Ich will vorsichtig sein.
IMPRESARIO Sagst du es endlich?
ASSISTENT Ich nenne Ihnen nur einen Buchstaben ihres Namens.
IMPRESARIO Spuck es endlich aus!
ASSISTENT Mademoiselle M.
IMPRESARIO Ich hab es mir gedacht.
ASSISTENT Wenn es so ist, dann können Sie erst recht aufhören, danach zu fragen.
IMPRESARIO Ich sehe sie zum ersten Mal in dieser Gegend.
ASSISTENT Was sie nicht daran hindert, sehr ... wie soll ich sagen ... aktiv zu sein.

IMPRESARIO Wie aktiv?

ASSISTENT Oh, das gehört sich nun wirklich nicht!

IMPRESARIO Formulieren wir es anders: Liebst du sie?

ASSISTENT Nein.

IMPRESARIO Warum?

ASSISTENT Ich bitte Sie, das war mein erstes Mal. Wäre Ihnen lieber, wenn ich sagte, es sei das zweite Mal und mit einer anderen Frau gewesen?

IMPRESARIO Nein, ganz und gar nicht.

ASSISTENT Also?

IMPRESARIO Es wird gemunkelt, dass Herr Goethe sie heiraten will. Weißt du etwas darüber?

ASSISTENT Ich wünsche ihm Glück. Von mir aus kann er sie heiraten.

IMPRESARIO Gehört es sich denn, dermaßen gleichgültig zu sein?

ASSISTENT Von mir aus kann er sie sofort heiraten!

IMPRESARIO Sofort?

ASSISTENT Wieso sollte Herr Goethe uns beide stören, Sie und mich?

IMPRESARIO Willst du damit andeuten, dass Mademoiselle M. nicht sexy ist?

ASSISTENT Im Gegenteil! Doch wie ich schon sagte, ich will nicht ins Detail gehen.

IMPRESARIO Und die anderen Frauen? Zum Beispiel Frau Eva …

ASSISTENT Kein Kommentar.

IMPRESARIO Frau Lilith …

ASSISTENT Wieder kein Kommentar.

IMPRESARIO Was ist los mit dir?

ASSISTENT Bis jetzt haben Sie mich wie ein Kind behandelt. Und jetzt …

IMPRESARIO Und jetzt?

ASSISTENT Jetzt bin ich ein erwachsener Mann.

IMPRESARIO Gut. Hol noch mehr Stühle, du erwachsener Mann.

Der Assistent verschwindet nach rechts und kommt nach einer Weile mit zwei Stühlen zurück.

ASSISTENT Wo soll ich sie hinstellen?

IMPRESARIO Hier. *Sie stellen weitere Stühle auf. Der Impresario räumt die Liegestühle weg.* Und jetzt die Tische.

Sie gehen rechts ab. Von links treten der Bischof und Joe auf.

BISCHOF Wie ich sehe, geschieht hier etwas.

JOE Das sind die Vorbereitungen zu dem Karneval, würde ich sagen.

BISCHOF Als Mensch sind Sie besonders langweilig.

JOE Als Mensch bin ich von Natur aus systematisch.

BISCHOF Ist das nicht ein bisschen zu viel Systematik?

JOE Und bei Exzellenz zu viel Abstraktheit.

BISCHOF Was verstehen Sie darunter?

JOE Ich möchte lieber einen Streit vermeiden.

BISCHOF Ich bestehe auf einer Antwort.

JOE Alle Religionen sind abstrakt. Völlig unglaubliche Sachen.

BISCHOF Ich protestiere!

JOE Sie können protestieren, soviel Sie wollen, Exzellenz. Es nützt nichts.

BISCHOF Ich protestiere im Namen … Ist auch egal.

JOE Gut, dass Sie es seinlassen. Freunde?

BISCHOF Von mir aus. *Sie gehen rechts ab.*

Der Impresario und der Assistent tragen vier kleine Tische herein und stellen sie auf: drei in einer Reihe, den vierten in der Mitte, zum Publikum hin.
Adam und Eva treten von links auf. Eva bleibt stehen.

EVA Schauen wir uns doch noch diese Apfelbäume an. *Sie verschwindet nach links.*

ADAM Ich gehe nach Hause. *Er geht weiter. Bleibt stehen.* Nur nimm dich in Acht vor Schlangen! *Er verschwindet nach rechts.*

Der Impresario und der Assistent sind mit letzten Vorbereitungen zu dem Fest beschäftigt.

IMPRESARIO Denk daran, keine Anspielungen oder Bemerkungen, die als solche gelten könnten. Halte dich nur an das Handbuch, das sich in deinem Besitz befindet: ›Reflexionen über das Servieren bei Tisch‹.

ASSISTENT Ich versuche, daran zu denken.

IMPRESARIO Und vor allem: Gott behüte, dass du Bemerkungen über die Damen machst. Ich kenne schon diese Neigung von dir, die jetzt absolut fehl am Platz wäre. Der Teufel schläft nicht.

ASSISTENT Ich kann Ihnen versichern, dass er weiterschläft.

IMPRESARIO Andernfalls würdest du auch deinen Job verlieren. Und jetzt gib mir die Weinkarte.

Der Assistent nimmt von einem Tisch die Weinkarte und reicht sie dem Impresario.

Beim Fest sollten alle Männer mit Ausnahme des Assistenten einen schwarzen Frack, gestreifte Hosen, weiße Gamaschen, weiße Handschuhe, einen schwarzen Kummerbund, ein weißes Hemd und eine schwarze Fliege tragen. Nichts, was in diesem Akt geschieht, darf ›theatralisch‹ wirken. So müssen die Tische zum Beispiel vorbildlich gedeckt sein: drei Gläser für drei verschiedene Weinsorten, ein Wasserglas, eine Flasche Champagner daneben, Tischdecken, Servietten. All das wird von dem Assistenten vorbereitet, unter der Aufsicht des Impresarios. Außerdem müssen die beiden noch Lampions aufhängen, und das erfordert das Verlegen von Kabeln, die später mit Blumen überdeckt werden. Es folgen also: Bringen und Wegschaffen der Leiter, Hinaufklettern, Aufhängen der verschiedenfarbigen Lampions. Gleichzeitig führen der Impresario und der Assistent ein Gespräch; dabei gehen immer wieder Menschen vorbei, die sich ebenfalls unterhalten.
Unterdessen wird es langsam Nacht. Die Sterne leuchten auf, die Mondsichel lässt sich blicken. Die Lampions gehen an, sobald die ersten Gäste erscheinen. Es sind Adam und Eva. Sie treten von rechts auf. Beide in Abendkleidung. Adam in der Maske eines alten Mannes, Eva in der einer Katze.

IMPRESARIO Guten Abend, die Herrschaften.
ADAM *sieht sich um.* Ein erstklassiges Lokal.
EVA Sehr elegant.
IMPRESARIO Darf ich Sie zu Ihrem Tisch führen?

Der Impresario führt Adam und Eva zu einem Tisch, der ganz links steht. Er zieht für Eva den Stuhl zurück, Eva setzt sich, der Impresario schiebt den Stuhl an den Tisch heran. Dasselbe Prozedere für Adam, der danach dem Publikum zugewandt sitzt.

IMPRESARIO Einen Aperitif?
EVA Oder würdest du lieber etwas anderes trinken?
ASSISTENT Wenn schon Karneval feiern, dann richtig! Einen Aperitif!
EVA *zu Adam* Oder zwei?
ADAM Meinetwegen. Wir hätten gern zwei Aperitifs.
IMPRESARIO *geht nach links.* Zwei Aperitifs!

Der Assistent schenkt zwei Aperitifs ein und serviert sie Adam und Eva.

ADAM Was gibt's Neues?
IMPRESARIO Das schöne Wetter hat sich den ganzen Tag gehalten. Jetzt kündigt sich eine sternenklare Nacht an. Der Karneval ist bisher ein voller Erfolg.
ADAM Hörst du? Es ist unser erster Karneval.
EVA Tatsächlich?
IMPRESARIO Meinen herzlichen Glückwunsch!
EVA Unser erster? Dann will ich Wein haben!
IMPRESARIO Für Sie auch Wein?

ADAM Natürlich, Wein! *Er bemerkt die Flasche Champagner.* Oder Champagner!

IMPRESARIO Kommt sofort.

Der Impresario öffnet die Champagnerflasche. Adam und Eva stoßen an.

ADAM Auf die Zukunft!

EVA Auf dass sie uns Gutes bringe!

ADAM Auf unsere Kinder!

EVA Auf die Enkelkinder!

ADAM Auf die Enkel der Enkelkinder!

EVA Auf die Ururenkel!

ADAM Übertreiben wir nicht ein wenig?

EVA Trink aus!

Beide nehmen einen großen Schluck Champagner. Von rechts treten die nächsten Gäste auf. Es sind Goethe und Margarete. Goethe trägt einen Frack und die Maske eines Löwen, Margarete ein Abendkleid und eine Katzenmaske, die der von Eva ähnelt.

MARGARETE Eva!

EVA Margarete!

IMPRESARIO Bitte, bitte sehr, nehmen Sie Platz!

GOETHE Die Damen kennen sich?

EVA Nein, aber wir haben voneinander gehört.

Die Damen küssen sich auf beide Wangen, wobei sie auf ihr Make-up achten.

IMPRESARIO Herzlich willkommen, Herr Geheimrat.

Goethe reicht ihm die Hand. Er gibt sich herrschaftlich, der Impresario unterwürfig.

IMPRESARIO Und das ist mein Assistent. Verbeug dich vor dem Herrn Geheimrat.

Goethe streckt die Hand aus, um den Assistenten zu begrüßen, und lässt sie sofort wieder sinken.

IMPRESARIO Es ist eine Ehre, Herrn Geheimrat wieder bei uns zu haben.
GOETHE Was soll man tun? Karneval, mein Lieber.

Goethe und Margarete setzen sich an den zweiten Tisch.

GOETHE *nimmt die Speisekarte entgegen.* Was gibt es denn Schönes?
IMPRESARIO Ich empfehle das Tellerfleisch.
GOETHE Dazu kommen wir später. Fangen wir mit dem Champagner an.
IMPRESARIO Sehr wohl. *Er macht den Champagner auf.*

Die nächsten Gäste sind der Satan und Lilith. Der Satan in schwarzem Anzug, weißem Hemd, schwarzer Fliege, Lilith in einem aufreizenden Kleid, beide maskiert. Der Impresario empfängt die beiden mit – wenn überhaupt möglich – verdoppelter Höflichkeit.

IMPRESARIO Ich begrüße die Herrschaften aufs höflichste. Es ist mir eine ausgesuchte, eine unermessliche Ehre, so außergewöhnliche Gäste zu empfangen.

Der Satan quittiert diese Anrede mit einem kurzen Kopfnicken. Es folgt das Ritual mit den Stühlen, der Speisekarte etc.

LILITH *studiert die Speisekarte.* Hast du eine Idee, wie ich diesen ersten Karneval meines Lebens feiern soll?

IMPRESARIO Wenn Sie gestatten: Im Saal befinden sich zwei Damen, die in derselben Situation sind wie Sie. Es ist der erste Karneval ihres Lebens. *Er beugt sich vor und senkt die Stimme.* Eine ist sehr jung.

LILITH Ach ja? Die muss ich mir gleich ansehen.

IMPRESARIO Das wäre sehr freundlich.

ASSISTENT *im Flüsterton* Sind Sie verrückt geworden? *Zieht ihn vom Tisch weg.* Warum haben Sie sich vollaufen lassen?

IMPRESARIO Aus Verzweiflung.

ASSISTENT Das ist kein Grund zu trinken.

IMPRESARIO Für mich schon.

ASSISTENT Liegt Ihnen so viel an ihr?

IMPRESARIO Ich habe mich verliebt.

ASSISTENT Kümmern Sie sich weiter um Herrn Satan und Frau Lilith. Ich versuche, die Situation mit Gretchen zu retten.

IMPRESARIO So nennst du sie jetzt?

ASSISTENT Ein Name ist so gut wie der andere.

IMPRESARIO *zu dem Satan* Ich empfehle den Champagner. Er ist ausgezeichnet, hervorragend, einfach perfekt!

SATAN Für mich nur Wasser, es kann ruhig Leitungswasser sein.

ASSISTENT Jawohl, Wasser! Kommt sofort.

LILITH Für mich Champagner. Viel Champagner!

Der Assistent geht links ab, der Impresario öffnet den Champagner für Lilith.

ASSISTENT *kehrt von links zurück, mit einem Glas Wasser für den Satan.* Bitte sehr.

SATAN Danke.

LILITH *trinkt in einem Zug ein Glas Champagner aus.* Und jetzt sehe ich sie mir an. *Steht von ihrem Tisch auf.*

IMPRESARIO Fräulein Margarete?

LILITH Nein, die andere.

IMPRESARIO Ah, Frau Eva.

LILITH *geht von dem Tisch ganz links zu dem Tisch ganz rechts. Zu Adam* Sei so gut und mach mir Platz.

ADAM Aber bitte sehr. *Er steht auf.*

LILITH Danke. *Sie setzt sich auf Adams Platz. Zu Eva* Wollen wir uns duzen? Schließlich sind wir verwandt.

EVA Ich bin auch Adams Frau. Sie haben es sicher bemerkt?

LILITH Ja. Als seine erste Frau …

EVA Und ich als seine letzte …

LILITH Moment. Seine letzte?

EVA Natürlich seine letzte. Adam soll nur versuchen, etwas mit einer anderen anzufangen!

ADAM Was wollt ihr von mir?

LILITH Halt dich da raus. Das ist ein ernsthaftes Gespräch unter Frauen.

EVA Genau!

ASSISTENT Ein Stuhl für Herrn Adam! *Stellt einen zusätzlichen Stuhl an ihren Tisch.*

ADAM Danke. *Setzt sich.* Diese Weiber lassen einem nicht mal einen Stuhl übrig.

Der Assistent verbeugt sich und geht links ab.

LILITH Ich habe das Gefühl, dass Adam nicht zufrieden ist mit dir.

EVA Wie das?

LILITH Ich meine, in sexueller Hinsicht.

EVA Und mit wem wäre er zufrieden?

LILITH Mit mir.

EVA *lacht hysterisch.* Mit dir? Na so was!

LILITH Wollen wir wetten?

EVA Um einen Mann? Nein.

LILITH Hör zu, normalerweise singe ich auf der Anderen Seeseite. Wenn ich heute Nacht nicht singe, dann bedeutet es, du hast gewonnen.

EVA Und wenn du singst?

LILITH Dann bedeutet es, was immer du für richtig hältst.

Pause.

EVA Einverstanden.

Sie geben sich die Hand zum Zeichen, dass die Wette gilt. Von links tritt der Impresario auf. Er zerrt den Assistenten hinterher, der ihn aufzuhalten versucht.

IMPRESARIO Jetzt bin ich dran!

ASSISTENT Sie sind betrunken!

IMPRESARIO Denen werde ich's gleich zeigen!

ASSISTENT Sie werden gar nichts zeigen. Kommen Sie zurück!

GOETHE Was ist hier los?

ASSISTENT Der Herr Impresario ist nicht ganz nüchtern.

GOETHE Das kommt vor. In seinem Beruf…

IMPRESARIO *reißt sich vom Assistenten los und fällt vor Margarete auf die Knie.* Gretel…

ASSISTENT Man sagt: Fräulein Margarete.

IMPRESARIO Misch dich nicht ein! Fräulein Margarete, heiraten Sie mich.

Goethe steht mühsam auf.

IMPRESARIO Ich verdiene meinen Lebensunterhalt, ich verdiene gut. Es wird Ihnen an nichts fehlen. Ich verspreche es Ihnen!

GOETHE Haben Sie sich das gut überlegt?

IMPRESARIO Sehr gut. Obwohl ich betrunken bin.

GOETHE Ich rate Ihnen, zuerst nüchtern zu werden, bevor Sie einen Heiratsantrag machen.

IMPRESARIO *immer noch auf den Knien* Das raten Sie mir?

GOETHE Absolut, ja.

IMPRESARIO Also gut. *Steht auf. Zu dem Assistenten* Hilf mir.

ASSISTENT Entschuldigen Sie bitte diesen Zwischenfall.

GOETHE *setzt sich.* Macht nichts, macht nichts.

Der Impresario geht, vom Assistenten gestützt, links ab.

MARGARETE Ich will Champagner. Einen doppelten!

GOETHE Hast du dich sehr aufgeregt?

MARGARETE Sehr. Ich werde mich beschweren.

GOETHE Das geht vorüber. Alles geht vorüber. Ober! *Von links tritt der Assistent auf.* Champagner!

Der Assistent verbeugt sich, geht links ab, kommt mit dem Champagner zurück, schenkt zuerst Margarete und dann Goethe ein.

GOETHE *hebt sein Glas.* Skål!

MARGARETE Bist du ein großer Schriftsteller?

GOETHE Ja, aber das gehört der Vergangenheit an.

MARGARETE Ist egal, wenn du wirklich ein großer warst.

GOETHE Nicht für mich.

Pause.

MARGARETE Heirate mich.

GOETHE Was?

MARGARETE Heirate mich. *Pause. Sie legt ihm die Hand auf die Schulter.* Es war ein Scherz, beruhige dich.

GOETHE Ich dachte, du meinst es ernst.

MARGARETE Ach wo denn!

GOETHE In diesem Fall wenden wir uns dem »Tellerfleisch« zu, wie der Impresario es nannte.

MARGARETE Er nannte es so, aber ich glaube, er war etwas betrunken.

GOETHE Oh, gewiss. Mir wäre ein Steak lieber.

MARGARETE Sie haben hier trotz allem ausgezeichnetes Personal.

GOETHE Bis auf den Impresario.

MARGARETE Besonders dieser Junge … Wie heißt er gleich?

GOETHE Der Assistent? Was ist so besonders an ihm?

MARGARETE Er sieht nur gut aus, weiter nichts. Aber du … du hast Persönlichkeit …

GOETHE Was bleibt mir anderes übrig?

Am mittleren Tisch sitzt noch niemand. Nach einer Weile kommt Joe herein. Er trägt einen schwarzen Anzug, ein weißes Frackhemd und eine schwarze Fliege. Auf dem Kopf hat er die traditionelle venezianische Maske mit der Nase, die an den Schnabel eines Ibis-Vogels erinnert; sie wird ›Il Dottore‹ genannt. Er setzt sich in die Mitte, dem Publikum zugewandt. Der Stuhl ihm gegenüber ist vorläufig leer.

IMPRESARIO *kommt auf ihn zu.* Sind Sie allein, oder dinieren Sie mit dem Vogel?

JOE Er leistet mir nur vorübergehend Gesellschaft. Fürs Erste möchte ich einen Blick in die Speisekarte werfen.

IMPRESARIO *reicht ihm die Speisekarte.* Ein wunderschöner Abend, nicht wahr?

JOE Das haben Sie schon gesagt.

IMPRESARIO Wann?

JOE Vorhin.

IMPRESARIO Tatsächlich? Dann bitte ich um Entschuldigung.

JOE Ich hätte gern ein Bier.

IMPRESARIO Ich sehe gleich nach. *Er geht links ab und kommt nach einer Weile zurück.* Ich bitte vielmals um Entschuldigung, aber ein Bier haben wir nicht.

JOE Und was haben Sie dann?

IMPRESARIO Nur einen Kasten Bier. Eventuell zwei.

Rechts erscheint der Bischof. Als Geistlicher trägt er dieselbe Kleidung wie vorher: schwarze Soutane, violetter Gürtel, violette Kappe.

JOE *steht auf und geht auf ihn zu.* Bitte sehr, kommen Sie näher, Exzellenz.

BISCHOF *bemerkt den ›Dottore‹.* Was haben Sie aus sich gemacht …

JOE Es ist eine Maske. Gefällt sie Ihnen nicht?

BISCHOF Doch, sie ist hübsch, aber sie macht mir ein bisschen Angst.

JOE Ich würde Exzellenz auch zu einer raten. Das ist im Karneval Sitte.

BISCHOF Ist es unbedingt nötig?

JOE Im Prinzip ja. *Zieht aus der Tasche die Mütze eines mittelalterlichen Narren: rot, mit sieben hinunterhängenden Zipfeln, an deren Enden silberne, runde Glöckchen hängen.*

BISCHOF Meinetwegen. Sitte ist Sitte.

JOE Das machen alle so. *Nimmt dem Bischof seine Kappe ab und setzt ihm die Narrenmütze auf.* Sie steht Ihnen sogar. *Zum Impresario* Chef, haben Sie einen Spiegel?

IMPRESARIO Irgendwo, ja. *Es stellt sich heraus, dass er einen kleinen Spiegel in der Innentasche seines Fracks hat.*

BISCHOF *sieht sich im Spiegel an.* Etwas zu eng.

JOE Sie gibt nach.

BISCHOF Sie drückt mir den Kopf zusammen.

JOE Sie werden sich daran gewöhnen.

BISCHOF Na gut. Aber morgen nehme ich sie ab?

JOE Wer weiß, was morgen ist.

IMPRESARIO Ein Glas Champagner für den Anfang?

JOE Ich nehme lieber doch kein Bier.

BISCHOF Was für ein Bier?

IMPRESARIO Na so was!

JOE Sprechen wir nicht mehr davon. Champagner!

Der Bischof und Joe stoßen an.

JOE Der ist gut…

BISCHOF Sehr gut.

JOE Exzellenz haben Joe erwartet und ein Ungeheuer vorgefunden.

BISCHOF Es ist nicht so schlimm. Ich habe mich schon an Sie gewöhnt.

JOE Das wundert mich nicht. Sehen Sie sich um, Exzellenz. Aber diskret. *Der Bischof richtet seinen Blick auf Goethe mit seiner Löwenmaske.* Was sehen Sie?

BISCHOF Oh, ein Löwe. Das heißt, ein Mensch, verkleidet als Löwe.

JOE Sie haben »Löwe« gesagt. Das heißt, kein Mensch.

BISCHOF Ursprünglich habe ich an einen Menschen gedacht. Bloß an einen, der als Löwe verkleidet ist.

JOE Genau. Ich will damit sagen, wir tendieren schnell zu solchen Vergleichen. Statt zu sagen: »Ich habe einen Menschen gesehen«, sagen wir: »Ich habe einen Löwen gesehen.«

BISCHOF Sie selbst sind doch ein Mensch!

JOE Stimmt.

BISCHOF Bloß mit einem entsetzlichen Schnabel.

JOE Versuchen wir es anders, Exzellenz. Schauen Sie sich bitte die anderen Personen an.

BISCHOF Ich sehe eine Katze.

JOE Gut. Eine Katze. Was noch?

BISCHOF Und dort, links, eine zweite Katze.

JOE Es gibt hier offenbar viele Katzen. Und die Dame links? *Gerade hat sich die Dame von links zu der Dame von rechts gesetzt. Die beiden unterhalten sich sogar miteinander.* Sehen Sie, Exzellenz, ich trage diese Maske absichtlich.

BISCHOF Macht nichts. Ich werde mich daran gewöhnen ...

JOE Doch ich repräsentiere hier den Menschen, und ... der Mensch, wie .... verschieden das klingen kann.

BISCHOF Macht nichts, macht nichts. Sie werden sich auch daran gewöhnen.

JOE Einerseits klingt das optimistisch. Der Mensch ist dem Menschen ein Lamm. Aber andererseits ...

BISCHOF Ich glaube, Sie sagen es besser nicht.

JOE Aber andererseits – fürchterlich. Lauter schlechte Dinge könnte man über den Menschen sagen.

BISCHOF Leider.

JOE Verbrechen, Gewalttaten, Perfidie.

BISCHOF Entschuldigen Sie, mein Leben lang wollte ich wissen, was das bedeutet.

JOE Was was bedeutet?

BISCHOF Perfidie.

JOE Sie wissen es nicht?

BISCHOF Nein.

JOE Ich auch nicht.

BISCHOF Na dann Prost!

JOE Der ist gut!

BISCHOF Sehr gut.

Pause.

JOE Was für eine Maske hat diese Dame?

BISCHOF Welche?

JOE Beide.

BISCHOF Sie ist irgendwie seltsam.

JOE Egal. Wir Menschen tendieren dazu, ineinander Tiere zu sehen. Und am liebsten Ungeheuer.

Der Satan ist, nachdem Lilith weggegangen ist, um mit Eva und Adam zu sprechen, allein zurückgeblieben. Ein Orchester beginnt einen Tango zu spielen. Der Satan steht auf, geht von dem Tisch ganz links zu dem Tisch ganz rechts, an Goethe und Margarete vorbei.

SATAN *zu Eva, Lilith und Adam, die am Tisch sitzen* Sie kennen mich nur vom Sehen. Darf ich mich nochmals vorstellen? Mein Name ist Bildersturm.

LILITH *steht auf, etwas angetrunken.* Herr Satan Bildersturm. Und das sind Eva und Adam.

EVA Herr Satan? Ich habe viel von Ihnen gehört.

LILITH Und von mir nicht?

EVA Doch, Sie waren die erste Frau meines Mannes, Adam.

LILITH Wenigstens so viel ist über mich bekannt.

EVA Und infolge einer Meinungsverschiedenheit haben Sie sich in beiderseitigem Einvernehmen scheiden lassen.

LILITH Aber wir haben ein freundschaftliches Verhältnis. Nicht wahr, Adam?

ADAM Bis zu einem gewissen Grad. Mit Eva, meiner jetzigen Frau, lebe ich auch in bester Harmonie. Von der Episode mit der Schlange abgesehen.

EVA Mit der Schlange? Wovon redest du?

ADAM Es ist eine lange Geschichte. Ich will die Herrschaften nicht langweilen.

SATAN Und jetzt sind wir alle zusammen hier. Ich schlage vor, das zu feiern.

EVA Wie denn?

SATAN Es ist doch Karneval! Darf ich bitten, Frau Eva?

EVA Selbstverständlich!

ADAM *zu Lilith* Und ich? Darf ich um einen Tanz bitten?

LILITH Was für eine Frage!

Satan und Eva tanzen. Doppeltes Licht auf sie.

EVA Endlich tanze ich mit Ihnen.

SATAN Endlich?

EVA Ich hatte immer das Gefühl, dass mir etwas fehlen würde ohne Sie.

SATAN Interessant.

EVA Was ist so interessant?

SATAN Dieser Eindruck, dass ich schon immer Sehnsucht nach Ihnen hatte.

EVA Nach mir?

SATAN Nun stellt sich heraus, dass die Sehnsucht gegenseitig war.

ADAM Wie wäre es jetzt mit einem Tanz?

LILITH *steht auf und schlingt ihm die Arme um die Schultern.* Wir kennen uns nicht erst seit gestern.

ADAM Nicht erst seit gestern.

Adam und Lilith tanzen.

LILITH Warum hast du dann so getan, als würdest du mich nicht kennen?

ADAM Frage gegen Frage: Warst du schon mal verheiratet?

LILITH Nur mit dir.

ADAM Das ist anders. Das ist so, als wäre ich mit einer anderen Frau zusammen.

LILITH Und bist du es denn nicht?

Goethe und Margarete stehen von ihrem Tisch auf und tanzen.

MARGARETE Hast du wirklich gedacht, du solltest mich heiraten?

GOETHE Ich denke es auch jetzt wieder.

MARGARETE Siehst du?

GOETHE Deine Nähe übt eine unwiderstehliche Anziehungskraft auf mich aus.

MARGARETE Und jetzt? *Schmiegt sich noch dichter an Goethe.*

GOETHE Noch stärker.

MARGARETE Es macht mich traurig, dass wir nie heiraten werden.

GOETHE Mich auch.

MARGARETE Dann lass uns tanzen. Wir haben leider keine andere Wahl.

EVA Was tut man, wenn man eine gegenseitige Sehnsucht empfindet?

SATAN Es gibt nur zwei Lösungen. Die eine: Man geht miteinander ins Bett.

EVA Und die zweite?

SATAN Man tut nichts.

EVA Mir wäre die erste lieber.

SATAN Mir auch.

EVA Also?

SATAN Ich bedaure. Die Sache ist kompliziert.

EVA Wieso?

SATAN Ich muss mich um viele Dinge gleichzeitig kümmern.

EVA Müssen Sie das wirklich?

SATAN Anordnung von oben.

EVA Schade.

LILITH Darf ich dir eine grundsätzliche Frage stellen?

ADAM Jederzeit.

LILITH Liebst du mich noch?

ADAM Wie soll ich dir darauf antworten …

LILITH Nur ehrlich.

ADAM Im Moment, ja.

LILITH Und immer mehr?

ADAM Ja, immer mehr. Ich erkenne deinen Geruch wieder, deinen Körper, ich möchte dich ganz durchdringen …

LILITH Und dann?

ADAM Dann? Was ist dann …

LILITH Es gibt immer ein Dann.

ADAM Daran habe ich nicht gedacht.

LILITH Ich muss denken. Ich bin eine Frau.

ADAM Zum Teufel mit dem ›Dann‹. Lass uns im Augenblick leben!

LILITH Ich denke darüber nach.

GOETHE Machen wir vielleicht eine Pause?

MARGARETE Warum?

GOETHE Mein rechtes Bein tut irgendwie weh.

MARGARETE Mein Armer!

GOETHE Aber das geht vorüber.

MARGARETE Und wenn nicht? Du musst dich ausruhen.

Sie gehen an ihren Tisch zurück.

ASSISTENT *taucht mit einem Tablett auf.* Was darf ich Ihnen bringen?

MARGARETE Ah, da bist du ja! Hast du etwas gegen Beinschmerzen?

GOETHE Vergiss die Schmerzen, bring mir ein Glas Wein.

ASSISTENT Jawohl. *Er verschwindet nach links.*

GOETHE Über ihn werden wir nicht sprechen. Es ist ein Mann aus dem Volk.

MARGARETE Aus dem gesunden, robusten Volk.

ASSISTENT *taucht wieder auf.* Der Wein für Herrn Goethe!

SATAN Ich werde mich bald von Ihnen verabschieden müssen.

EVA Bleiben Sie noch ein wenig.

SATAN Das ist mein Schicksal. Sobald ich mich dir nahe fühle, muss ich mich verabschieden.

EVA Werden Sie wiederkommen?

SATAN Eine schwierige Frage. Vielleicht komme ich, wenn meine Angelegenheiten es erfordern.

EVA Sie sollten es so schnell wie möglich erfordern.

SATAN O ja.

EVA Sind Sie verheiratet?

SATAN O nein, woher denn!

EVA Ich schon. Doch ich kann mich mit meinem Mann immer … Wie soll ich sagen …

SATAN Arrangieren?

EVA Nennen wir es so.

LILITH Ist deine zweite Frau immer bei dir?

ADAM Eva? Sie tanzt neben uns.

LILITH Das weiß ich. Ich meine, sonst …

ADAM Im Leben? Leider ja.

LILITH Warum leider?

ADAM Weil ich mit dir tanze.

LILITH Weißt du, dass ich auf der Anderen Seeseite wohne?

ADAM Und was kann man dort tun?

LILITH Das ist unwichtig. Wärest du bereit, dorthin zu gehen?

ADAM Wozu?

LILITH Die andere Seite ist wie diese hier, nur umgekehrt. Alles, was es hier gibt, auf dieser Seite, gibt es dort auch, nur andersrum.

ADAM Davon habe ich ja noch nie gehört. Alles?
LILITH Ja, alles. Du kannst dich gern selbst davon überzeugen.
ADAM Sehr interessant.
LILITH Möchtest du es versuchen?
ADAM Wie denn?
LILITH Es genügt, mit mir dorthin zu gehen.
ADAM Aber wohin?
LILITH Auf die Andere Seeseite.

JOE Nun sind wir allein geblieben.
BISCHOF Die tanzen ja noch.
JOE Das meine ich nicht. Allein, also nicht als Paar.
BISCHOF Wieso? Sie sind doch hier mit mir, und ich mit Ihnen.
JOE Unter einem Paar versteht man gewöhnlich Mann und Frau.
BISCHOF Das hatte ich vergessen.
JOE Deswegen rufe ich es Ihnen in Erinnerung, Exzellenz.
BISCHOF Ich kann Sie doch nicht zum Tanz auffordern. Oder Sie mich. Das gehört sich nicht.
JOE Das gehört sich absolut nicht.
BISCHOF Eben.
JOE Dann trinken wir noch einen?
BISCHOF Es bleibt uns nichts anderes übrig. Ober!

Der Assistent tritt auf.

ASSISTENT Es tut mir leid, aber Sie müssen mit mir vorliebnehmen. Der Herr Impresario fühlt sich nicht wohl.
BISCHOF Was hat er?

ASSISTENT Er ist betrunken.
BISCHOF Na so was!
ASSISTENT Was darf ich Ihnen bringen?
BISCHOF Wir hätten gern zwei Gläser Wein.
ASSISTENT *verschwindet und kommt nach einer Weile zurück.* Bitte sehr. *Er geht ab.*

Joe und der Bischof heben ihre Gläser, stoßen an und stellen sie halbleer wieder ab.

BISCHOF Der ist gut.
JOE Mir wäre etwas anderes lieber. *Trinkt sein Glas leer.*

Unterdessen bricht eine sternenklare Nacht an. Die Stimmung wird immer ausgelassener. Die Gäste trinken Champagner und Wein, und die Auswirkungen sind allmählich zu sehen. Ein unsichtbares Orchester spielt Tango.

ASSISTENT *stellt sich vor die Gäste und klatscht in die Hände, um das Stimmengewirr zum Verstummen zu bringen.* Ich bitte um Ihre Aufmerksamkeit. Im Namen des Herrn Impresario, der im Moment indisponiert ist, gebe ich bekannt, dass es gleich Mitternacht schlägt. Es wird Zeit, Glückwünsche auszutauschen. *Er erhält Applaus und mischt sich unter die Menge.*

SATAN Gestatten Sie, dass ich Sie für einen Moment allein lasse?
EVA Gerade jetzt, kurz vor Mitternacht?
SATAN Höhere Gewalt. Aber ich komme wieder, bestimmt…

EVA Nein, Sie kommen nicht wieder …
SATAN Aber …
EVA *verabschiedet sich von ihm* … nie mehr.

Eva lässt den Satan stehen und will von der Bühne gehen, doch unterwegs trifft sie den Assistenten, der, nachdem er die Nachricht des Impresarios verkündet hat, den weiteren Verlauf der Ereignisse abwartet.

ASSISTENT Meine Verehrung, Frau Eva.
EVA Ach, du bist es!
ASSISTENT Darf ich einen Toast auf Ihr Wohl ausbringen?
EVA *nimmt ihn bei der Hand.* Setzen wir uns. *Sie setzen sich an den Tisch ganz links.* Und ich möchte auf dein Wohl trinken. *Sie füllen zwei Gläser mit Champagner.*
ASSISTENT *springt auf.* Das Feuerwerk!

Der Assistent und Eva stehen und blicken zur Anderen Seeseite. Links vom See erstreckt sich ein kaum sichtbarer Wald. Sie stellen ihre Gläser mit einer feierlichen Geste ab, dann wirft sich Eva in die Arme des Assistenten und küsst ihn lange und leidenschaftlich. Anschließend gehen sie, Hand in Hand, links ab, in Richtung Wald. Am Himmel leuchtet immer noch das Feuerwerk.

Zweiter Akt

Grauer Himmel, Nieselregen, Nebel. Die Hügellandschaft am Horizont ist bloß zu erahnen. Davor der See, und an dessen Ufer ein halbkreisförmiges Geländer. Auf dem Rasen vier Tische in großem Durcheinander, die einen umgeworfen, die anderen ohne Tischdecken. Das Besteck teils auf dem Boden, teils auf den Tischen. Am Geländer entlang geht der Satan spazieren. Er ist gekleidet wie in der ersten Szene, mitsamt der Maske. Manchmal bleibt er reglos stehen und betrachtet den See, dann spaziert er weiter. Von Zeit zu Zeit sieht er ungeduldig auf die Uhr. Nach einer Weile beginnt sich auf dem See etwas zu regen. In der Ferne erscheint ein Boot mit einer kleinen Gestalt, so weit weg, dass sie noch nicht zu erkennen ist. Einen Moment lang verschwindet sie ganz aus Satans Blickfeld. Wie lange, das hängt von seiner Entfernung vom See und von der Höhe des Ufers ab. Nach diesem Moment taucht Adam plötzlich nackt, bzw. anstandshalber in einer Unterhose, diesseits des Geländers auf und sinkt auf den Rasen nieder. Man sieht, dass ihn das die letzte Kraft gekostet hat.

ADAM Bist du es?
SATAN Ich bin es. Und du bist zurückgekommen?
ADAM Hilf mir aufzustehen. *Der Satan hilft Adam hoch.* Hast du vielleicht eine Decke für mich? Mir ist kalt. *Der Satan greift wortlos nach einer Tischdecke, die von der Feier übriggeblieben ist, und legt sie Adam um.* Sind die Gäste schon weg?

SATAN Manche ja.
ADAM Und Eva?
SATAN Keine Angst, sie ist zu Hause geblieben.
ADAM Allein?
SATAN Ich weiß es nicht, ich habe sie nur kurz gesehen. Lass uns von hier verschwinden.
ADAM Könnte ich nicht noch ein wenig hierbleiben?
SATAN Hast du solche Angst vor Eva?

Adam nickt.

SATAN Trotzdem musst du zu ihr zurückkehren. *Er weist mit der Hand zur Anderen Seeseite.* Und wie war es … dort?
ADAM Unterschiedlich.
SATAN Ja. Da kann es unterschiedlich zugehen.
ADAM Woher weißt du das?
SATAN Woher? Das ist bloß eine Vermutung.
ADAM Du führst etwas im Schilde.
SATAN Ich führe gar nichts im Schilde. Du wirst dich noch erkälten. Komm.

Von rechts erscheint der Impresario; er trägt immer noch denselben Frack, aber sein Hemdkragen ist offen, sein Haar zerzaust und sein Gesicht unrasiert. Er ist wacklig auf den Beinen.

IMPRESARIO *ruft dem Satan zu* Etwas zu trinken!

Der Satan stöbert wortlos zwischen den Essensresten eine fast leere Flasche Mineralwasser auf, die der Impresario leert.

IMPRESARIO Mehr!

SATAN *sucht nach einer zweiten Flasche, findet aber keine.* Da ist nichts mehr.

IMPRESARIO Warum?

SATAN Dumme Frage. Weil die anderen es ausgetrunken haben.

IMPRESARIO Das Wasser haben sie ausgetrunken?

SATAN Auch das Wasser. Es ist noch etwas Champagner da, aber dir würde ich davon abraten …

IMPRESARIO *bemerkt Adam.* Ah, Herr Adam!

ADAM Ich würde lieber verschwinden. Hast du eine Decke?

IMPRESARIO Eine Decke?

ADAM Eine Decke.

IMPRESARIO Eine Decke … Nein, habe ich nicht.

ADAM Gib mir deine Hose. Schnell!

IMPRESARIO Warum sind Sie nackt?

ADAM Hose!

IMPRESARIO *beginnt schwankend, die Hose auszuziehen.* Ich verstehe gar nichts.

Eva und der Assistent kommen aus dem Wald, also von links.

SATAN Oh!

EVA *zu Adam* Ah, hier bist du!

ADAM Ich war die ganze Zeit hier.

EVA *zu Satan* Und Sie sind auch da? Warum sind Sie hier?

SATAN *küsst Eva die Hand.* Meine Angelegenheiten verzögern sich.

EVA Aha! Ihre ›Angelegenheiten‹. Ich will Sie nicht mehr sehen.

SATAN Ich werde warten.

ASSISTENT Ich glaube, Sie sind etwas zu leichtsinnig.

SATAN Ich bin zu was?

ASSISTENT Zu leichtsinnig, denn Frau Eva wird jetzt von ihrem Mann begleitet.

SATAN Frau Eva und ich können jederzeit unseren Smalltalk fortsetzen. Auch ohne Herrn Adam.

EVA Und im Übrigen, Ihre Angelegenheiten kommen mir sehr dubios vor.

SATAN Wie Sie meinen. Ich möchte nur erwähnen, dass der letzte Weltkrieg ohne meine Beteiligung nicht möglich gewesen wäre.

JOE *tritt von rechts auf.* Sie waren im Krieg?

Adam versucht, das allgemeine Durcheinander zu nutzen und nach rechts zu verschwinden.

EVA Adam!

ADAM *bleibt stehen.* Was, Liebling?

EVA Komm sofort zurück! Ich muss mit dir reden. Und gib dem Herrn seine Hose zurück!

ADAM Was gibt es?

EVA Was es gibt? Du nutzt die Abwesenheit deiner Frau, um dich zu dieser … dieser Hure zu schleichen, und dann fragst du: »Was gibt es?«

ADAM Und was war mit dir und Satan? Es hätte nicht viel gefehlt und unser ›Arrangement‹ wäre völlig geplatzt.

EVA Was meinst du damit?

ADAM Noch ein bisschen so weiter, und du hättest im Gebüsch mit Satan gevögelt.

EVA Aber ich habe nicht gevögelt!

ADAM Du hättest gevögelt!

EVA Aber ich habe nicht gevögelt! Und deine Hure hat dich auf die Andere Seeseite mitgenommen!

ADAM Ich erlaube mir anzumerken, dass ›diese Hure‹ meine erste Frau war.

EVA Das entschuldigt nicht dein Verhalten. Sie war von Anfang an eine Hure.

ADAM Und du bist meine zweite Frau! Pass auf, was du sagst.

EVA Aber ich bin keine Hure!

ADAM Meine Ehre gebietet mir zu schweigen.

ASSISTENT *zu sich selbst* Meine auch.

SATAN Wenn ich Ihnen zuhöre, habe ich den Eindruck, dass all die Geschichten über die unersättliche Manneskraft der Teufel übertrieben sind.

ADAM Danke, haben Sie vielen Dank. Das ist für mich eine echte Erleichterung.

SATAN Es war übrigens auch hier, auf dieser Seeseite, zu sehen. Sie waren völlig erschöpft.

EVA Das werde ich mir für die Zukunft merken.

ADAM Die Zukunft kommt mir ziemlich düster vor.

EVA Auf der Anderen Seeseite. Das werde ich mir auch merken. Und jetzt marsch nach Hause. Du solltest dir was anziehen.

IMPRESARIO Er hat meine Hose!

ADAM Ich gebe sie Ihnen zurück. Ich werde sie nie wieder brauchen. *Gibt dem Impresario seine Hose zurück und geht ein Stück nach rechts.*

ASSISTENT Ich bitte Sie, mich zu entschuldigen – die Pflicht ruft.

EVA So bald?

ASSISTENT Der Herr Impresario wird langsam nüchtern. Er wird mir gleich alle möglichen Anweisungen geben. Es wird Zeit.

EVA Es war sehr nett mit Ihnen.

ASSISTENT Und mit Ihnen erst.

EVA *gibt ihm die Hand.* Auf Wiedersehen.

Der Assistent küsst ihre Hand, dann ihre Wange und begibt sich, zusammen mit dem Impresario, nach vorne, in Richtung Bühnenrand. Sie gehen ab. Adam und Eva gehen rechts ab.

JOE In welchem Regiment haben Sie gedient?

SATAN Wie bitte?

JOE Wenn Sie im Krieg waren, müssen Sie in irgendeinem Regiment gedient haben.

SATAN Ich habe allgemein gedient.

BISCHOF *tritt von rechts auf.* Ich habe Kopfschmerzen.

JOE Wie haben Sie geschlafen, Exzellenz?

BISCHOF Kann man sich hier irgendwo hinsetzen?

JOE Aber selbstverständlich! *Schiebt dem Bischof einen der verlassenen Stühle hin. Dieser setzt sich.*

BISCHOF Herzlichen Dank.

JOE Das sind die Folgen der Zügellosigkeit, Exzellenz. Karneval und Zügellosigkeit gehen Hand in Hand.

BISCHOF Deswegen hat die Kirche vorsichtshalber angeordnet, dass der Karneval nur einmal im Jahr stattfinden soll, nicht öfter.

JOE Und die Zügellosigkeit?

BISCHOF Die Zügellosigkeit ist eine Sache des Teufels.

SATAN Entschuldigen Sie mal, das ist ungerecht.

BISCHOF Sie schon wieder! *Versucht aufzustehen, setzt sich aber wieder hin.*

SATAN Die Beichte – das ist eine Erfindung, die ich als teuflisch bezeichnen würde! Man weiß doch, dass der Mensch immer die gleichen Sünden begeht und dass er immer einen Priester brauchen wird, um sie zu beichten. Ergo, Sie leben von der Sünde.

BISCHOF Ich? Von der Sünde?

SATAN Ja, weil die Reihenfolge eben so ist: zuerst die Sünde, dann die Beichte. Immer und immer wieder.

BISCHOF Das ist unerhört!

SATAN Es würde mich nicht wundern, wenn die Kirche den Gläubigen die Sünde insgeheim empfehlen würde. Aber nicht einmal das kriegt ihr hin. Und die Sünde ist ohnehin sehr attraktiv. Mit oder ohne euch.

BISCHOF Der Himmel wird unsere Belohnung sein.

SATAN Die irdischen Güter zählen auch.

JOE Jemand hat gerade »der Mensch« gesagt, also meinen Namen erwähnt. *Zu Satan* Waren Sie das?

SATAN Ich? Nein. Ich spreche in meinem eigenen Namen.

JOE Und Sie, Exzellenz?

BISCHOF Ich spreche doch immer im Namen des Menschen.

JOE Von wegen! Wieder die alte Leier. Ich glaube, ich gehe jetzt.

BISCHOF Warten Sie, ich komme mit.

JOE Beeilen Sie sich.

Der Bischof geht rechts ab.

SATAN *zu Joe* Nur keine falsche Hoffnung. Sie werden mich nicht los.

JOE Worauf gründet sich Ihre Gewissheit?

SATAN Darauf, dass ich unsterblich bin.

JOE *geht ungeduldig herum.* Was macht er da?

BISCHOF *erscheint von rechts.* Gehen wir! *Er hält sich einen offenen Schirm über den Kopf.*

JOE Exzellenz brauchen einen Schirm?

BISCHOF Vorsichtshalber.

Joe und Bischof gehen links ab. Von rechts treten Goethe und Margarete auf. Goethe hinkt mit dem rechten Bein, Margarete stützt ihn.

SATAN Was ist mit dir passiert?

GOETHE Es ist nichts, eine Kleinigkeit. Wahrscheinlich habe ich mir den Fuß verstaucht.

SATAN Aber das muss doch verbunden werden!

GOETHE Mein Arzt in Weimar wird sich darum kümmern. Das ist nicht weit von hier. Darf ich mich vor der Reise noch kurz hinsetzen?

SATAN Bitte sehr. Nur ist das hier nicht mein Haus.

GOETHE Macht nichts … Danke. *Besetzt zwei Stühle, indem er auf den einen sein ausgestrecktes Bein legt.* Bitte, setz dich auch, meine Liebe.

Von links erscheint der Assistent und beginnt, Margarete Zeichen zu geben.

MARGARETE Da ist ein Bekannter von mir. Ich möchte mich von ihm verabschieden.
GOETHE Aber ja, nur zu.

Margarete und der Assistent treffen sich auf halbem Wege.

ASSISTENT Du reist ab?
MARGARETE Für immer.
ASSISTENT Schade, du wirst mir fehlen. Wie steht es um deine Angelegenheiten?
MARGARETE Mit wem?
ASSISTENT Na ... *Er deutet auf Goethe, der sich in einiger Entfernung befindet.*
MARGARETE Weiterhin ungeklärt.

GOETHE Kannst du dich an das Gespräch erinnern, das wir vorgestern geführt haben?
SATAN Wie könnte ich wagen, mich nicht zu erinnern?
GOETHE Nun, der Gegenstand dieses Gesprächs muss ein Geheimnis bleiben.
SATAN Das wird es auch.
GOETHE Dieses Gespräch betraf ein gewisses Gebrechen, an dem ich zu leiden beginne.
SATAN Leider.
GOETHE Ich hoffe, es ist keine, sagen wir ... Krankheit, die definitiv ist.
SATAN Ich fürchte doch.
GOETHE Nun ja. *Pause.* Ich muss dir eine Schwäche von mir anvertrauen.
SATAN Ich bin ganz Ohr.

GOETHE Noch vor einigen Jahren hatte ich die Gewissheit oder vielleicht die Illusion, dass ich unsterblich bin.

SATAN Oh?

GOETHE Jawohl, unsterblich. Dass, wenn ich sterbe, mein Körper sich nicht zersetzen, sondern in ewiger Glückseligkeit weiterleben wird. Verstehst du das?

SATAN Durchaus.

GOETHE Die Art von Glück, für die es in keiner Sprache der Welt einen Namen gibt. Kannst du dir das vorstellen?

SATAN Natürlich.

GOETHE Und diese Gewissheit habe ich nicht mehr.

SATAN Ich verstehe. Dann will ich dir auch etwas anvertrauen.

GOETHE Ich höre.

SATAN Ich bin von Natur aus unsterblich.

GOETHE Was?

SATAN Unsterblich. Was ist so seltsam daran?

GOETHE Nein, nichts. Sprich bitte weiter.

SATAN Und ich sehe darin nichts Besonderes.

GOETHE Ist das möglich?

SATAN Nichts, wodurch die Wirklichkeit anders wäre, als sie ist. Vielleicht nur umgekehrt.

GOETHE Umgekehrt?

SATAN Es ist schwierig zu erklären.

GOETHE Dann der Reihe nach. Leidest du an dem Gebrechen, das ich erwähnt habe?

SATAN Nein, überhaupt nicht.

GOETHE Hast du Angst vor dem Tod?

SATAN Nicht im Geringsten!

GOETHE Du hast recht. Deine Empfindungen sind ganz anders als meine. *Er schickt sich an aufzustehen.* Margarete!

Margarete wendet sich zu ihm um.

GOETHE Wir gehen!

Margarete kommt auf ihn zu und hilft ihm auf.

SATAN Ich sage Ihnen beiden adieu!

Goethe bleibt für einen Moment stehen, dreht sich um und macht eine undefinierbare Handbewegung, vermutlich eine Abschiedsgeste. Er und Margarete gehen links ab. Der Satan dreht sich zum See und verharrt so, den Blick auf das Wasser gerichtet.

EVA *tritt von rechts auf.* Sie sind noch hier?
SATAN Und Sie?
EVA Ich dachte, Sie wären schon weg.
SATAN Die Frauenlogik.
EVA Sagen Sie nichts. Sobald mein Mann angezogen ist, reisen wir ab.
SATAN Ja? Dann sage ich ihm, dass Sie mit diesem jungen Kerl gevögelt haben, während er mit seiner ersten Frau tanzte.
EVA Das werden Sie nicht tun!
SATAN Warum?
EVA Darüber könnte man lange reden.
SATAN Vielleicht hören wir dann auf, uns zu streiten?

EVA Gut, aber lassen Sie uns nur noch über neutrale Themen sprechen.

SATAN Und Kinder? Ist das ein neutrales Thema?

Pause.

EVA Woher wissen Sie …

SATAN Das ist mein Geheimnis.

EVA Ich erwarte mein erstes eigenes Kind.

SATAN Seit wann?

EVA Seit dieser Nacht.

SATAN Nein, das glaube ich nicht …

EVA Dann werden Sie es in neun Monaten sehen.

Von rechts tritt Adam auf. Er hat nur einen kleinen Koffer bei sich.

ADAM *zu Satan* Tschüss. *Zu Eva* Also? Gehen wir?

EVA Wir gehen. Auf Wiedersehen, mein Herr.

SATAN Auf Wiedersehen, die Herrschaften.

Eva und Adam gehen links ab.

SATAN *dem Publikum zugewandt* Hey, ihr da!

ASSISTENT UND IMPRESARIO *treten gleichzeitig von links und rechts auf.* Zu Diensten!

SATAN *zieht aus beiden Hosentaschen je einen Geldbeutel.* Ihr habt euch für eure Dienste eine Belohnung verdient. *Wirft jedem einen Beutel zu.* Und jetzt verschwindet! *Tritt an das Geländer. Betrachtet den See, mit dem Rücken zum Publikum.*

IMPRESARIO Ein guter Herr.

ASSISTENT Nur etwas dubios. *Sie stecken die Geldbeutel ein, geben sich die Hand und wollen schon auseinandergehen, als von der Anderen Seeseite zunächst leise, dann lauter und lauter, ein Gesang herüberdringt.*

IMPRESARIO Lilith?

ASSISTENT Lilith.

Sie trennen sich und gehen zu beiden Seiten ab. Es wird Nacht. Sterne, der Mond und die Musik aus der Ferne, die immer lauter wird.

Sławomir Mrożek im Diogenes Verlag

»Sławomir Mrożek ist der erfolgreichste Theaterautor Polens.«
Tages-Anzeiger, Zürich

Das dramatische Werk in sieben Bänden in Kassette

Enthält die Bände: *Striptease, Tango, Watzlaff, Emigranten, Amor, Der Botschafter, Liebe auf der Krim*

Alle Bände auch als Einzelausgaben:

Striptease
und andere Stücke

Aus dem Polnischen von Ludwig Zimmerer

In *Striptease* werden zwei Männer in einen gefängnisartigen Raum gestoßen, dessen Türen offen sind. Beide versichern sich gegenseitig, dass ›das Ereignis‹ keinerlei Bedeutung habe und kein Grund zu Beunruhigung bestehe. Wenn sie wollten, könnten sie ja jederzeit den Raum verlassen. Während die beiden Männer sich in eine philosophische Diskussion über den Freiheitsbegriff verstricken, schließt eine riesige Hand die Türen ...
Enthält außerdem: *Polizei / Das Martyrium des Piotr O'Hey / Auf hoher See / Karol / Der Truthahn.*

»Mrożeks geschliffenen Formulierungen, die Präzision, die das Wesentliche aufs Podest hebt, das Zusammenspiel von Hintergrundernst und Humor, mit dem er die verklemmte Angst fremdbestimmter Menschen aller Gesellschaftsschichten auf den Punkt bringt, ist einmalig.« *Helmut Fenzl / Main-Echo, Aschaffenburg*

»Ein Spitzenwerk der Literatur.«
Marcel Reich-Ranicki / Literarisches Quartett, ZDF

Tango
und andere Stücke

Deutsch von Christa Vogel
und Ludwig Zimmerer

Arturs Eltern erinnern sich an die Zeiten, in denen Tangotanzen noch ein Skandal war. Doch mit diesen und allen anderen Zwängen und Konventionen haben sie gründlich aufgeräumt. Artur beschwert sich nun über die totale Freiheit, »weil nichts mehr möglich ist, weil eben alles möglich ist«. Er fordert sein »Recht auf Aufruhr«.
Enthält außerdem: *Eine wundersame Nacht / Zabawa / Der Kynologe am Scheideweg / Der Tod des Leutnants / Der Hirsch / Racket-baby.*

»Ein aktuelleres Stück über den heutigen Generationskonflikt gibt es nicht.« *Die Zeit, Hamburg*

»Eine pointenreiche, gleichermaßen von Wortwitz wie von deftiger Situationskomik geprägte Satire.«
Hessische Allgemeine Zeitung, Kassel

Watzlaff
und andere Stücke

Deutsch von Ludwig Zimmerer
und Rolf Fieguth

Watzlaff lebt im ›Land der Unfreiheit‹. Bei einer Fahrt übers Meer erleidet er Schiffbruch. Eine gute Gelegenheit für Watzlaff, ins ›Land der Freiheit‹ zu fliehen. Sein Alter ego, in Form eines Doppelgängers, meldet letzte Zweifel an – doch Watzlaff lässt es ungerührt im Meer ertrinken. Nun hindert ihn nichts mehr, reich, mächtig und glücklich zu werden. Doch es zeigt sich schnell, dass es nicht so einfach ist, sich in der schönen neuen Welt zurechtzufinden.
Enthält außerdem: *Nochmals von vorn / Propheten.*

»Mrożek ist Humorist – also meint er es besonders ernst. Er liebt phantastische Motive, aber er ist der

Sachwalter der Vernunft und des gesunden Menschenverstandes.« *Marcel Reich-Ranicki*

»Mrożeks Satiren sind mehr als in Allegorie verschlüsselte Leitartikel zu Tagesfragen. Sie sind Parabeln, die nicht ins Allgemeine, Unverbindliche hinwegschwindeln müssen, um zu Dichtungen zu werden.«
Hellmuth Karasek

Emigranten
und andere Stücke
Deutsch von Christa Vogel

AA, der Intellektuelle, und XX, der Gastarbeiter, teilen sich einen Kellerraum als Unterkunft und gehen sich nach Kräften auf die Nerven. Zwar sind sie beide Emigranten desselben Landes, doch sind die Verbindungen zwischen dem politischen Flüchtling und dem sich für materiellen Wohlstand abschuftenden bäuerlichen Gastarbeiter nur allzu brüchig. Am Silvesterabend kommt es zum Showdown.
Enthält außerdem: *Schlachthof / Buckel / Das Haus auf der Grenze.*

»*Emigranten* hat Humor von stringenter böser Art. Es hat theatralisch fesselnde Spannung.«
Friedrich Luft / Die Welt, Berlin

»*Emigranten* ist unheimlich dicht und vieldimensional.« *Neues Deutschland, Berlin*

Amor
und andere Stücke
Deutsch von Witold Kośny
und Christa Vogel

Während der Besetzung Polens durch die Nazis wird ein Hauptmann der Wehrmacht in einem polnischen Haus einquartiert, in dem ein Junge mit seiner Tante lebt. Der Junge ist völlig fasziniert von der Schauspie-

lerin Rosemarie, der Geliebten des Hauptmanns. Als der ›kleine Amor‹, wie Rosemarie ihn lachend nennt, von den Partisanen angeworben wird, auf den Nazi ein Attentat zu verüben, stürzt ihn das in einen tiefen Konflikt: Wenn er mitmacht, würde er endlich für voll genommen, aber er brächte damit Rosemaries Leben in Gefahr.
Enthält außerdem: *Insel der Rosen / Fuchsquartett / Der Schneider / Zu Fuß / Die Rückkehr.*

»Mrożeks politische Parabeln sind von stupender Diagnostik.« *Marianne Kesting / Die Zeit, Hamburg*

»Mrożek ist einer der bekanntesten europäischen Satiriker und einer der meistgespielten Dramatiker.«
Katharina Döbler / Neue Zürcher Zeitung

Der Botschafter
und andere Stücke

Deutsch von M.C.A. Molnar
und Christa Vogel

Der Botschafter eines großen Landes bekommt ein merkwürdiges Geschenk: einen hellblauen Globus – ohne Kontinente. Plötzlich stößt der Kopf eines Mannes oben durch den Globus, wie ein Küken aus dem Ei. »Was darf's denn sein? Ein Martini? Ein Sherry?«, fragt der Botschafter – »Asyl!«, antwortet der Mann.
Enthält außerdem: *Ein Sommertag / Alpha / Der Vertrag / Das Portrait / Die Witwen.*

»Die Aktualität des Stückes *Das Portrait* lässt sich leicht auf die Stasiproblematik nach dem Zusammenbruch der DDR übertragen – kann aber gleichzeitig grundsätzlicher aufgefasst werden.«
Ulrich Fischer / Süddeutscher Rundfunk, Stuttgart

»Mrożeks Stärken sind bekannt: Ironie und Phantasie. Der Pastiche, die Ausnutzung der Pointe, Stilparodien, die polemische Verkehrung der Motive, das dialektische Schattenboxen – all dies bereitet ihm selbst wie auch seiner Lesergemeinde sichtbares Vergnügen.« *Tadeusz Nowakowski*

Liebe auf der Krim

Eine tragische Komödie in drei Akten

Deutsch von Christa Vogel

Ein Luxushotel auf der Krim, die Gäste vertreiben sich die Zeit. Und die Zeit vergeht: der erste Akt spielt um 1910 mit Figuren aus Čechov-Stücken, der zweite Akt kurz nach der Revolution. Im dritten Akt, nach der Perestroika, ist das Hotel zum Treffpunkt für die neuen russischen Business-Männer geworden. Alles hat sich verändert, aber die Strukturen und Menschen sind dieselben. Oder etwa doch nicht?

»Ein Fresko, das uns in drei Stunden vom Russland Čechovs in das Russland von heute führt.«
Le Monde, Paris

»Tragisch, komisch, gut.« *Berliner Zeitung*

Außerdem lieferbar:

Auf hoher See · Striptease

Zwei Einakter

Deutsch von Ludwig Zimmerer

Auf hoher See gibt es kein Entrinnen: Einer der drei schiffbrüchigen Männer auf dem Floß soll aufgefressen werden, damit wenigstens die beiden anderen überleben können. Jeder versucht den anderen davon zu überzeugen, dass gerade er gefressen werden müsse. – In pointierten Dialogen werden die Lügen und Phrasen erkennbar, mit denen Menschen dazu gebracht werden, ihr Leben zu opfern.
In *Striptease* werden zwei Männer in einen gefängnisartigen Raum gestoßen, dessen Türen offen sind. Beide versichern sich gegenseitig, dass ›das Ereignis‹

keinerlei Bedeutung habe und kein Grund zu Beunruhigung bestehe. Wenn sie wollten, könnten sie ja jederzeit den Raum verlassen. Während die beiden Männer sich in eine philosophische Diskussion über den Freiheitsbegriff verstricken, schließt eine riesige Hand die Türen …

»Die Zeitlosigkeit von Sławomir Mrożeks Stücken, in denen er sich mit den Mechanismen totalitärer Herrschaft, aber auch mit jeder Art von stereotypem Denken und reguliertem Handeln auseinandersetzt, ist heute umso deutlicher sichtbar.«
Marta Kijowska / Neue Zürcher Zeitung

»Mrożeks Gedanken sind so ungewöhnlich, dass sie jedem verständlich sind.« *Die Welt, Berlin*

Lauter Sünder · Schöne Aussicht

Zwei Stücke

Deutsch von Christa Vogel

Die Erlebnisferien im Romantikhotel stellen sich trotz schöner Aussicht als ungemütlich heraus; eine heißumkämpfte Position als Seelenhirte in einer kleinen Gemeinde mit lauter Sündern entpuppt sich als Alptraum.

»Es gibt Theaterstücke, die beflügeln derart die Phantasie, dass sie einer Bühne kaum bedürfen: Der polnische Autor Sławomir Mrożek liefert mit *Lauter Sünder – Schöne Aussicht* gleich zwei davon. Höchst satirisch, voller Sprachwitz.«
Westdeutsche Allgemeine Zeitung, Essen

»Ein Klassiker des zwanzigsten Jahrhunderts.«
Le Monde, Paris